Douglas a'r Gacen Fêl!

DAVID MELLING

ADDASIAD CYMRAEG GAN DAFYDD SAUNDERS-JONES

atebol

Yn gynnar un bore cafodd Douglas

syrpreis i ddarganfod olion traed ar draws ei wely.
Roedden nhw'n ludiog ac yn blasu o fêl!

'Pwy sydd wedi cerdded dros **fy ngwely i?'**
gofynnodd Douglas

Early one morning Douglas
was surprised to find a trail of footprints running across his bed.
They were sticky and they tasted of honey!

'Who's been walking on **my** bed?' asked Douglas.

GYDA DIOLCH I'R FFERMWYR AM
GYNHYRCHU'R CYNHWYSION!

HARRI, RHYS A TOMOS
MAE'N BWYSIG TRIO POB MATH O FWYD!

www.huglessdouglas.co.uk

www.davidmelling.co.uk

www.atebol.com

Roedd yr olion traed mêl yn mynd yr holl ffordd i'r cwpwrdd bwyd.

The honey-flavoured footprints led all the way to the food cupboard.

'Ble mae fy mêl?' holodd Douglas.
Edrychodd ar bopeth yn ofalus.

'Where's my honey?' Douglas gasped.
He looked at everything very carefully.

'Fedra i ddim bwyta dim
byd heb fêl ar ei ben!
Dw i'n llwglyd IAWN!'

ny of this without honey on top! And I'm REALLy hungry.'

Gwisgodd Douglas yn gyflym a
dilynodd y llwybr mêl tu allan.

Douglas quickly changed and followed the honey trail outside.

'Pe bawn i ond yn gallu darganfod cliw
i fy helpu,' ochneidiodd.

'If only I could find a clue to help me,' he sighed.

Yna crychodd Douglas ei drwyn.
'Dw i'n gwybod beth yw'r arogl yna...'

Then Douglas twitched his nose. 'I know that smell...'

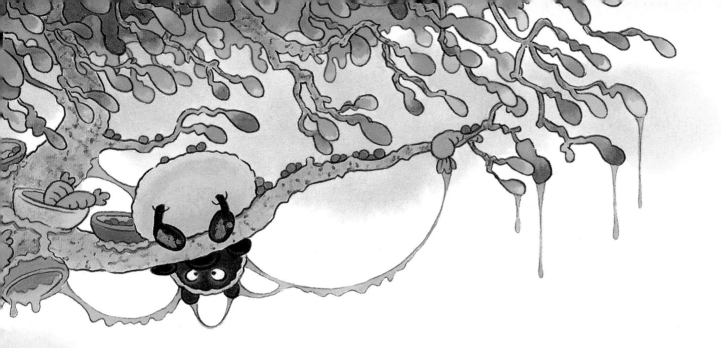

'Weeeel, helo Douglas!' brefodd y defaid.

'Pam ydych chi'n gwisgo fy mêl?' gofynnodd Douglas.

'Rydym yn casglu popeth sydd ei angen arnom i bobi
cacennau mêl,' meddai Dilys. 'Fedri di helpu?'

'O iawn,' meddai Douglas. 'Dw i'n hoffi pobi.'

'Aaah, hello Douglas!' baaed the sheep.

'Why are you wearing my honey?' asked Douglas.

'We're collecting everything we need to bake honey cakes,'
said Dilys. 'Can you help?'

'Ooh yes,' said Douglas. 'I love baking.'

Dyma'r defaid yn estyn yr
aeron, cnau, moron a mêl.

The sheep passed down berries, nuts, carrots and honey.

Yna gwnaeth Dilys yn siŵr bod pawb
yn gwisgo'r dillad cywir.

'A pheidiwch ag
anghofio golchi
eich pawennau,'
dywedodd.

'Barod i bobi!'

Then Dilys made sure
they all wore their
proper outfits.

'And don't forget
to wash your
paws,' she said.

'Let's bake!'

Gwaeddodd Dilys y cyfarwyddiadau o'i llyfr rysáit a dyma nhw'n dechrau ar y gwaith.

Dilys shouted instructions from her recipe book and they set to work.

'Dw i wedi gorffen! Alla i fwyta peth nawr?'
gofynnodd Douglas. 'Dim eto, mae angen ei bobi gyntaf,'
meddai Dilys. 'Ond beth am i ti flasu'r aeron yma?'

'Dim diolch,' dywedodd Douglas, wrth afael yn ei fol llwglyd.
''Does ganddyn nhw ddim mêl ynddyn nhw. Fe wna i aros.'

'I've finished! Can I eat some now?' asked Douglas.

'Not yet, it needs baking first,' said Dilys. 'But why not try these berries?'

'No thanks,' said Douglas, clutching his hungry tummy.

'They haven't got honey on them. I'll wait.'

Gwyliodd y defaid yn rhoi talpau o'r cymysgedd ar y bwrdd pobi a'i roi yn y ffwrn.

He watched the sheep put dollops of the mixture onto baking trays and into the oven.

Erbyn hyn, roedd pawb yn llwglyd **iawn**.
Daeth Douglas o hyd i blât
ac ymunodd â'r rhes o ddefaid blin.
Roedden nhw'n gwthio a phwnio.

Yna taflodd rhywun foronen...

By now, everyone was **very** hungry.
Douglas found a plate and joined the
back of a bad-tempered queue.
There was pushing and nudging.

Then someone threw a carrot...

brwydr

fwyd!

food fight!

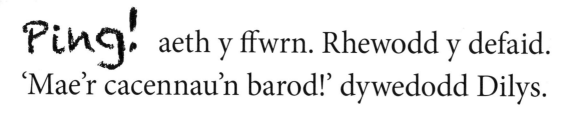

Ping! aeth y ffwrn. Rhewodd y defaid.

'Mae'r cacennau'n barod!' dywedodd Dilys.

'Hwre!' gwaeddodd y defaid wrth iddyn nhw sgramblo tuag at yr arogl hyfryd.

'Cadwch rhai i mi!' galwodd Douglas.

Ping! went the oven. The sheep froze.
'The cakes are ready!' said Dilys.

'Yay!' cried the sheep and they scrambled towards the delicious smell.
'Save some for me!' called Douglas.

Ond wnaeth y defaid
ddim clywed a chyn hir
roedd pob cacen wedi'i bwyta.

But the sheep didn't hear
and soon every single cake had been eaten.

'Be dw i'n mynd i fwyta nawr?' gofynnodd Douglas.
Edrychodd ar y moron ar y llawr ac ochneidiodd.

'What am I going to eat now?' said Douglas.
He looked at the carrots on the floor and sighed.

Mae'n cnoi un o'r moron.
'O,' meddai, wedi'i synnu braidd. 'Mae hwn yn neis!'
'Doedd Douglas ddim wedi arfer
bwyta unrhyw beth heb fêl ar ei ben.

He bit into one.
'Oh,' he said, a little surprised. 'That's nice!'
Douglas wasn't used to eating
anything without honey on top.

Cymerodd llond ceg o aeron. Blasus! A chnau...
'Blasus iawn!' gwaeddodd.

He took a mouthful of berries. Even nicer! And nuts... 'Yummy!' he cried.

Mae moron, aeron a chnau **bron** mor flasus â mêl,' dywedodd Douglas.

'Carrots, berries and nuts are **almost** as good as honey,' said Douglas.

'Ond ddim cweit. Does dim byd yn curo

Mêl a Cwtsh!'

'But not quite. Nothing beats

Honey and Hugs!'

Sut i addurno cacennau defaid...

How to decorate cupcake sheep...

1. Gadewch i'r cacennau oeri.

1. Let your cakes cool.

3. Rholiwch yr eisin.

3. Roll out the icing.

5. Ychwanegwch lygaid, trwyn a chlustiau.

5. Add eyes, nose and ears.

2. Ychwanegwch yr hufen menyn.

2. Add the buttercream frosting.

4. Torrwch siapiau wyneb.

4. Cut out face shapes.

6. Rhowch gyda'i gilydd...

6. Put it all together...

7. Yna eu bwyta mor gyflym â phosibl!

7. And eat as quickly as possible!

Newport Library and Information Service

Y fersiwn Saesneg

Addasiad o *Hugless Douglas and the Great Cake Bake* gan David Melling

Cyhoeddwyd gyntaf yn 2016 gan Hodder Children's Books
Hawlfraint y testun © David Melling 2016
Hawlfraint yr arlunwaith © David Melling 2016

Mae David Melling wedi datgan ei hawl dan Ddeddf Hawlfraint, Dyluniadau
a Phatentau 1988 i gael ei gydnabod fel awdur ac arlunydd y llyfr hwn.

Cedwir pob hawl.

Mae Hodder Children's Books yn rhan o Hachette Children's Group
sy'n rhan o Hodder & Stoughton

Argraffwyd yn China.

Y fersiwn Cymraeg
Addaswyd gan Dafydd Saunders-Jones
Golygwyd gan Adran Olygyddol Cyngor Llyfrau Cymru
Dyluniwyd gan Owain Hammonds

Cyhoeddwyd yn y Gymraeg gan Atebol Cyfyngedig, Adeiladau'r Fagwyr,
Llanfihangel Genau'r Glyn, Aberystwyth, Ceredigion SY24 5AQ
Hawlfraint y cyhoeddiad Cymraeg © Atebol Cyfyngedig 2016
www.atebol.com

Cediwr y cyfan o'r hawliau. Ni chaniateir atgynhyrchu unrhyw ran o'r cyhoeddiad
hwn na'i throsglwyddo ar unrhyw ffurf neu drwy unrhyw fodd, electronig neu fecanyddol,
gan gynnwys llungopïo, recordio neu drwy gyfrwng unrhyw system storio ac adfer,
heb ganiatâd ysgrifenedig y cyhoeddwr.

ISBN: 978-1-910574-26-3